Christa Holtei
Nació en Düsseldorf (Alemania) en 1953. Estudió
Filología románica e inglesa, Filosofía y Pedagogía.
Desde 1994 trabaja como autora y traductora para varias
editoriales. Vive con su esposo en Ratingen, cerca de
Düsseldorf. En su tiempo libre le gusta tocar el piano,
ir al teatro y visitar ciudades en el extranjero.

Günther Jakobs
Nació en 1978 en Bad Neuenahr-Ahrweiler (Alemania).
Estudió Filosofía y Diseño, especializándose en
ilustración. Desde entonces trabaja como ilustrador
de libros para niños y jóvenes en un taller colectivo de
Münster. Le gustan los libros, por supuesto, pero también
le gusta mucho la música, e incluso es músico aficionado.

Título original: Zu Besuch bei den Ägyptern
Christa Holtei (texto)
Günther Jakobs (ilustraciones)
Con el acuerdo de 2009 Patmos Verlag GmbH & Co. KG
Sauerländer, Düsseldorf
© EDITORIAL JUVENTUD, S. A., 2011
Provença, 101 - 08029 Barcelona
info@editorialjuventud.es
www.editorialjuventud.es
Traducción de Christiane Reyes
Primera edición, 2011
ISBN 978-84-261-3853-8
Printed in Austria

Christa Holtei / Günther Jakobs

Visitemos a los egipcios

Editorial
Juventud

El país del Nilo

Hace más de 6000 años, ya vivía gente en las orillas del Nilo. Sabemos cómo vivían porque todo lo que hacían lo grababan con su escritura en las columnas, en los muros de los templos y en el interior de sus tumbas y pirámides.

Egipto era un país rico, porque la región que regaba el Nilo era muy fértil. Había grandes extensiones de cultivos a ambas orillas, y justo detrás empezaba el desierto. Debido a su suelo fértil de color negro, los egipcios llamaban a su país *Kemet*, «la Tierra Negra». El desierto y las montañas con sus reflejos rojizos se llamaba *Deshret*, «la Tierra Roja».

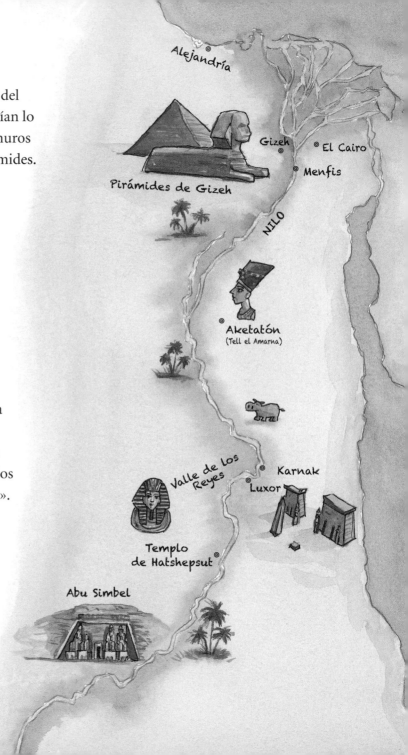

Durante la larga historia del país se levantaron grandes
ciudades. Algunas de ellas por un tiempo fueron la capital
de Egipto. Hace 3360 años hubo, durante veinte años,
una capital muy especial: Aketatón (hoy Tell el Amarna),
la ciudad del faraón Akenatón y de su esposa Nefertiti.
Este libro cuenta la vida cotidiana de una familia de Aketatón.

Una casa egipcia

Panhesi y Nebet, los hijos del escultor Pentu, viven en
una ciudad nueva, fundada hace solo diez años por el faraón
Akenatón y su esposa Nefertiti. Se encuentra entre dos
antiguas capitales del país: Menfis, al norte, a unos 300 km
de distancia, y Tebas a 400 km hacia el sur.

La ciudad que bordea el desierto tiene 13 km
de largo y 4 km de ancho. En ella viven 40 000 personas.
Como en cualquier gran capital, el centro de la ciudad
lo constituyen los grandes templos y los palacios de los
faraones, y a su alrededor se encuentran los edificios de la
administración y las casas de los altos dignatarios,
los comerciantes, los artesanos y los artistas.

Solo los palacios y los templos se construyen en piedra.
Las viviendas, de dimensiones diversas, se construyen
en adobe. Todas las casas tienen una sala principal, casi
siempre cuadrada. Una o varias columnas sostienen el techo.
Alrededor de la sala principal hay habitaciones más pequeñas,
algunas de las cuales son los dormitorios de la familia.

Pozo

Todos los suelos de la casa son de barro pisado. Como la sala principal es más alta que las habitaciones de alrededor, las ventanas se han instalado en lo alto de las paredes. Son pequeñas para que no entre el calor. Están provistas de unos pilares de piedra que sirven de rejas.

Las columnas y las paredes están pintadas de colores vivos: anchas rayas rojas y amarillas y cenefas o imágenes de animales y plantas. Además hay puertas pintadas en las paredes, creando la ilusión de que hay más habitaciones en la casa. Hay pocos muebles. En la sala principal la familia se sienta a comer sobre bancos de adobe blanqueado. En el suelo de barro se ha construido una superficie de piedra con una salida por donde siempre corre el agua para refrescar el lugar y lavarse las manos antes y después de comer.

Durante las noches invernales la sala se calienta mediante un brasero de carbón vegetal.

Una escalera conduce a una terraza y, en algunas casas, se accede así a otras habitaciones de la primera planta. Junto a la casa casi siempre hay un pozo, y un patio donde se cocina con un hogar y un horno.

¿Cómo es una casa por dentro?

El cuarto de baño

Como en todas las casas de Aketatón, en la casa del escultor Pentu hay un baño y un retrete. El agua fluye por unos cilindros de terracota hacia la canalización. ¡En otras ciudades, esto solo lo tiene la gente rica!

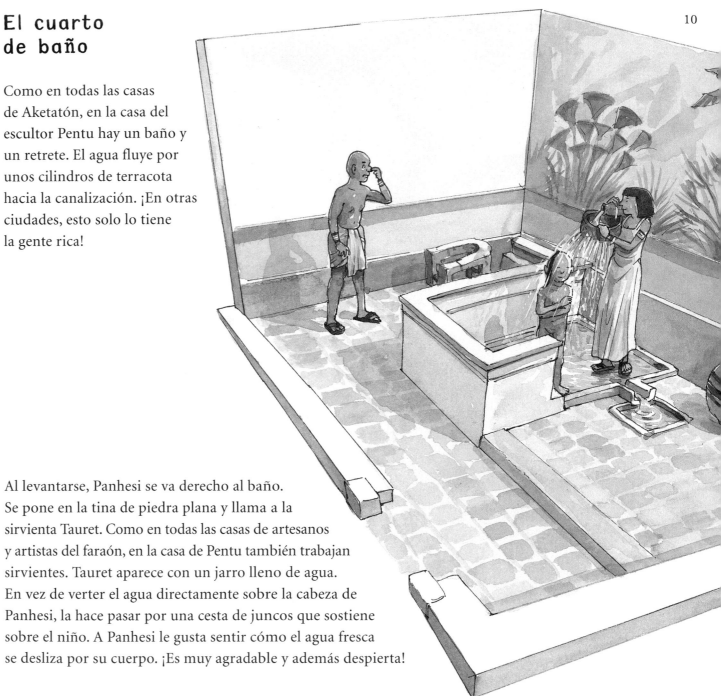

Al levantarse, Panhesi se va derecho al baño. Se pone en la tina de piedra plana y llama a la sirvienta Tauret. Como en todas las casas de artesanos y artistas del faraón, en la casa de Pentu también trabajan sirvientes. Tauret aparece con un jarro lleno de agua. En vez de verter el agua directamente sobre la cabeza de Panhesi, la hace pasar por una cesta de juncos que sostiene sobre el niño. A Panhesi le gusta sentir cómo el agua fresca se desliza por su cuerpo. ¡Es muy agradable y además despierta!

Peluca

Sandalias de papiro

Por temor a los parásitos, los niños y las niñas llevan la cabeza rapada, y solo les cuelga una trenza sobre una de las orejas, llamada «el mechón infantil». A menudo los adultos también llevan la cabeza rapada, por la misma razón que los niños. Cuando los niños cumplen doce años, pueden dejarse crecer el cabello. Los hombres y las mujeres, cuando se celebra una fiesta, llevan unas pelucas muy artísticas. Están confeccionadas con lana de oveja, y a veces llevan entretejido pelo natural.

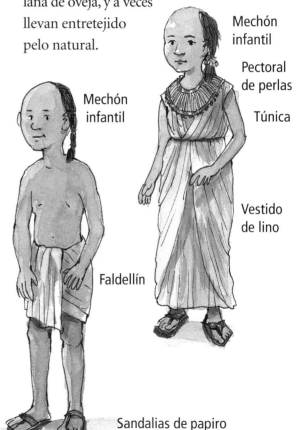

Mechón infantil

Pectoral de perlas

Túnica

Mechón infantil

Vestido de lino

Faldellín

Sandalias de papiro

Su hermana Nebet ya está vestida.

Con un palito de madera se pinta unas rayas negras alrededor de los ojos. Lo hacen todos los egipcios: hombres, mujeres, niños y niñas. El color negro se llama kajal. Protege los ojos de las irritaciones provocadas por el resplandor del sol y el viento de arena del desierto.

En la época de Akenatón y Nefertiti, la moda se refinó mucho. Antes, los hombres llevaban un faldellín y las mujeres sencillos vestidos de lino, blancos o teñidos de colores. Ahora se marcan finos pliegues en los tejidos para que los vestidos tengan una caída suave y un aspecto más bonito. Los hombres y las mujeres más ricos llevan unas túnicas plisadas, a veces con una especie de chal de lino muy delicado.

Nebet mezcla el color en un pequeño cuenco de alabastro que le ha regalado Tye, su madre. Tiye tiene varios cuencos más y también tarritos con tapas donde conserva colores para el maquillaje. ¡Le encanta ponerse guapa!

¿Cómo se visten los egipcios?

Lavarse las manos antes de comer

Las comidas principales del día se toman en familia. Cuando Panhesi y Nebet entran en la sala principal, Pentu y Tiye ya están sentados en la mesa del desayuno.

Panhesi se precipita sobre la papilla de cebada, los dátiles y los higos. Pero Tiye le recuerda: «¡Antes debes lavarte las manos!», al tiempo que le tiende una palangana con agua. Ambos niños se lavan las manos y comen la papilla y la fruta hábilmente con las manos. Después vuelven a lavarse las manos.

La alimentación más importante del Antiguo Egipto son el pan y la cerveza. Ambas cosas las hacen las mujeres. Tiye sabe recetas de más de cuarenta clases de pan de cereales, como la espelta, la cebada y el trigo. Tiye muele el grano sobre unas piedras, amasa la harina con diferentes ingredientes y la cuece en forma de tortas planas o dentro de recipientes de arcilla con forma de campana.

El pan se come con pescado y aves, además de hortalizas como cebollas, puerros, garbanzos, judías, calabazas o pepinos. De fruta tienen dátiles frescos o secos, higos y uvas. La carne es muy cara, por eso solo se come en días festivos. Se bebe cerveza dulce, hecha en casa, leche o agua y, a veces en las fiestas, beben vino.

El patio de la cocina está en la parte de atrás de la casa. El techo es de estera para dejar salir el humo. En un rincón hay una piedra de moler el grano, y al lado un horno para cocer el pan. Sobre el hogar de piedra en el centro de la cocina se puede guisar y asar.

Las provisiones se conservan en tinajas de barro. El grano se almacena en grandes recipientes redondos, y la fruta o la cerveza se guarda en cántaros de barro más pequeños en una bodega bajo el suelo, más fresca.

Alimentos que comían los egipcios:

Puerro

Pollo

Pescado

Vino

Leche

Uvas

Higos

Bodega

¿Cómo es una cocina egipcia?

Cebollas

Garbanzos

Judías

Calabaza

Pepino

Dátiles

Los niños en el Egipto Antiguo

Como todos los egipcios, Pentu y Tiye quieren mucho a sus hijos. Cuando Panhesi y Nebet nacieron, además de su nombre, su madre les dio un nombre «secreto».

Esos nombres reflejan lo que Tiye desea para sus hijos en la vida: que salgan adelante y que les vaya bien. Para Nebet también desea *Aut ib* (un gran corazón = suerte, felicidad), para Panhesi, que un día sea *Sankh* (escultor) como su padre. Pero los hijos aún no lo saben. Tiye les revelará sus nombres secretos cuando sean adultos.

Peonza

Hasta los cinco años, los niños se quedan en casa con su madre. Los egipcios dan mucha importancia a la educación en el seno de la familia. Los niños aprenden a respetar a la diosa Maat, que encarna la verdad y el orden. Deben amar la verdad y odiar la mentira, aprender a escuchar, y cumplir las promesas.

Muchos niños y niñas egipcios practican deportes. Les gusta saltar al potro, estirar la cuerda, las carreras de velocidad y las competiciones de natación, los juegos malabares con pelotas y los juegos de puntería. Pero también poseen muñecas de madera con cabellos de abalorios, peonzas de cuarzo blanco y caballitos de madera sobre ruedas, que pueden arrastrar detrás de ellos. También existen juguetes móviles: con una cuerda se puede mover de arriba hacia abajo la cola o la mandíbula de ratones, leones o cocodrilos.

Juego de la serpiente

Los niños y los adultos se divierten con juegos de mesa como «perros y chacales» o el «senet». El «juego de la serpiente» es el juego más antiguo del mundo. Consiste en un disco de piedra en forma de serpiente enroscada. Tiene unos hoyos por donde se hacen avanzar unas bolas de piedra hasta el centro del disco, que es la cabeza de la serpiente.

Perros y chacales

Senet

A los cinco años, los niños, y a menudo también las niñas, aprenden a escribir en el palacio o en el templo. Los hijos de familias más pobres ayudan a sus padres en la casa o en el campo. A partir de los doce años las chicas se consideran adultas, los chicos a partir de los catorce.

Las chicas se educan con los mismos derechos que los chicos, y conservan estos derechos cuando se casan. Se quedan con sus posesiones y continúan ejerciendo su profesión. Los egipcios no celebran bodas. Una pareja se considera casada cuando la mujer va a vivir con sus pertenencias a la casa del hombre. A partir de entonces recibe el nombre de «la dueña de la casa».

Paleta de escritura
con juncos para escribir

¿Con qué juegan los niños egipcios?

La ventana de la aparición

Después del desayuno, Tiye y sus hijos se dirigen hacia el palacio. Allí, todas las mañanas, la familia real se asoma a la «ventana de la aparición».

Mucha gente se congrega en la calle real para ver al faraón, su esposa y sus hijas. La familia real atraviesa el puente cubierto que conecta las habitaciones privadas con el Gran Palacio y los edificios gubernamentales. Se detienen en medio del puente para mostrarse a la población. Nebet no puede dejar de mirar los preciosos vestidos y las joyas de oro de las hijas del faraón. ¡Y para ella la reina Nefertiti es la mujer más bella de Egipto! Panhesi, en cambio, prefiere mirar los lanceros y la lucha de los púgiles.

Akenatón figura entre los faraones más conocidos en la actualidad. Forma parte de una larga sucesión de gobernantes egipcios que dejaron testimonios de su reinado. Las tres pirámides de Gizeh, por ejemplo, fueron construidas hace 4500 años, o sea en vida de Keops, de su hijo Kefrén y de su nieto Micerinos. Casi todo el mundo conoce el nombre de Tutankamón (1345-1323 a.C.), probablemente hijo de Akenatón. Adquirió fama cuando Howard Carter desenterró en 1922 su tumba intacta en el Valle de los Reyes.

En el taller del artista

Mientras su familia va hacia el palacio, Pentu va al taller de escultura. Es uno de los artistas que trabajan para el primer escultor real, Tutmosis.

Pentu no tiene que caminar mucho. Su casa se encuentra en el barrio de los artistas, al sur de la ciudad, a solo una calle del taller de Tutmosis. Tutmosis le tiene preocupado, pues hace días que está de malhumor. Ha esculpido la cabeza de la reina en un bloque de caliza, pero no está satisfecho con su trabajo. Es la segunda vez que Tutmosis ha aplicado una capa de yeso sobre la piedra para perfeccionar el rostro de la reina. Pentu teme que no sea la última.

En las ruinas del taller de Tutmosis los arqueólogos encontraron muchos bustos de Aketatón, la mayoría de ellos sin terminar. El 6 de diciembre de 1912 tuvo lugar el hallazgo más hermoso: la célebre cabeza de Nefertiti. Y cuando, en 2007, los arqueólogos la examinaron mediante la tomografía computarizada, quedaron sorprendidos: las cuatro capas de yeso que revestían la piedra fueron perfeccionando cada vez más el rostro, hasta que por fin Tutmosis quedó satisfecho con el resultado.

Busto de Nefertiti

Los artistas de la época de Akenatón tenían un estilo muy particular de representar a las personas y sus caras. Se reconocen inmediatamente, pues no son tan uniformes como las grandes estatuas de piedra de los templos de otras ciudades del Antiguo Egipto, ni como los murales de las tumbas. Tenían que parecer personas vivas.

Dioses y templos

Tiye, Panhesi y Nebet se abren camino entre la muchedumbre frente al palacio para volver a casa. A la altura del pequeño templo de Atón, la calle real vuelve a estar transitable.

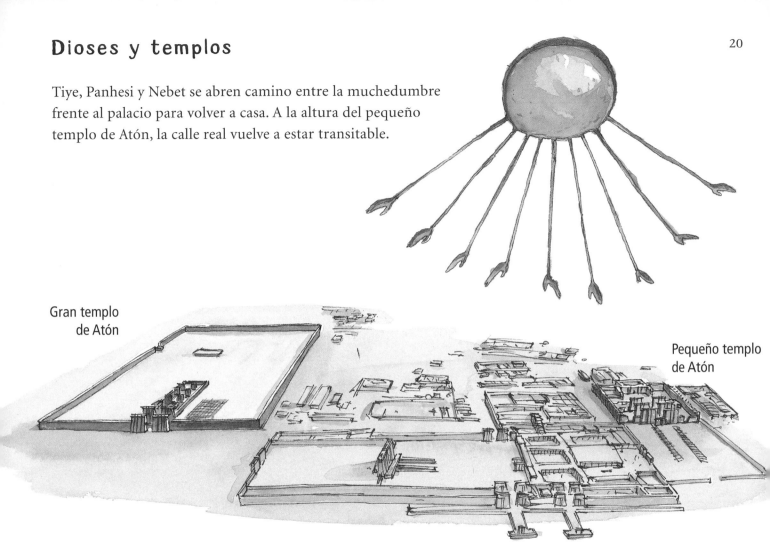

Gran templo de Atón

Pequeño templo de Atón

En Aketatón hay dos templos dedicados a Atón. El templo principal se encuentra al norte de la ciudad. Sus muros circundan una zona de 730 por 230 metros. El pequeño templo de Atón, junto al palacio, es solo la mitad de grande. Atón, «el disco solar», es el dios que se venera en la ciudad de Aketatón. Se le representa como un disco, «el cuerpo del sol», del que se desprenden los rayos que acaban en unas pequeñas manos que parecen tocarlo todo con su calor.

Como todos los pueblos antiguos, las personas del Antiguo Egipto también adoraban el sol. El astro que da calor y vida. En tiempos de las pirámides, hace 4500 años, ya rezaban a Re, el dios del sol, que sale en su barca por la mañana desde el este para cruzar el cielo hacia el oeste donde, al anochecer, empieza su viaje al mundo inferior.

Re, el dios del sol

Pirámides de Gizeh

Amón, el dios de la creación

Templo de Luxor

El gran templo de Karnak

La gente del Antiguo Egipto conocían muchísimos dioses, casi cada gran ciudad tenía sus propios dioses. Uno de los más importantes es Amón, el dios de la creación y de la fertilidad. Sus templos todavía se pueden admirar en Karnak y en Luxor.

Las casas de los muertos

Cuando los niños llegan a casa con su madre les espera
una sorpresa. El tío Ani ha venido de visita. Ha venido a la
ciudad para comprar nuevos pinceles en el mercado.

Ani, el hermano de Tiye, es pintor. Vive en el pueblo de los artesanos y artistas cerca de las montañas, al este de la ciudad. Decora las grandes tumbas que se están cavando en la montaña. Son las tumbas del faraón, de su familia y de los altos dignatarios de la ciudad.

Aquí vemos como Ani pinta en la pared al dios Amón con sus rayos calientes, y al faraón, el gran sacerdote de Atón, que le hace una ofrenda. La gente de Aketatón cree que Atón protege también a sus muertos.

En el Valle de los Reyes, donde Amón es el dios principal, los pintores representan la vida de los muertos en el más allá. Sus pinturas evocan una vida después de la muerte, donde reina una eterna felicidad y riqueza. Los objetos que se colocan en las tumbas, como muebles, alimentos, vestidos, joyas, maquillaje, son para que los utilicen los muertos en la otra vida.

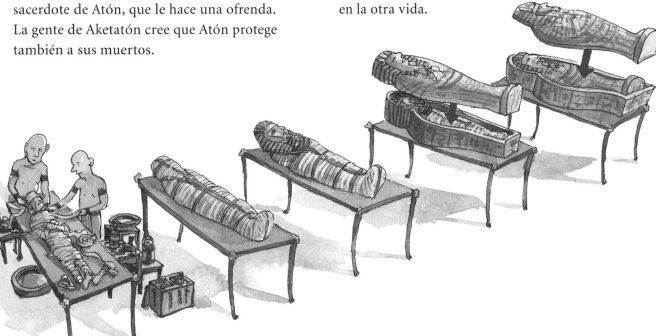

Para que el alma pueda seguir viviendo en el más allá necesita el cuerpo del muerto. Por eso lo transforman en una momia. Primero cubren el cuerpo con sal para secarlo, lo untan con resinas y aceites y lo envuelven en cientos de metros de vendas de lino. Después depositan la momia en un sarcófago de madera pintado con símbolos protectores y plegarias. En el caso de los faraones este sarcófago se introduce en varios otros sarcófagos hechos con un material de gran valor, a veces hasta puede ser de oro.

El Nilo, vía comercial y vía fluvial

Tiye y los niños acompañan a Ani al mercado, porque también quieren ir. Tiye pone en su bolsa una pieza de tela que ha tejido ella misma, y un tarro de ungüento para trocarlos en el mercado.

El mercado y el barrio de los artesanos y de los comerciantes están a orillas del Nilo, en las grandes dársenas del puerto. En el muelle real, delante del Gran Palacio, el barco dorado del faraón brilla bajo el sol. Panhesi y Nebet nunca lo han visto tan de cerca. El faraón lo utiliza cuando va a recorrer su reino.

El Nilo es la «calle principal» de Egipto y conecta Aketatón con Nubia, al sur, y con el mar Mediterráneo, al norte. Navíos de todo el mundo traen todo lo que la ciudad necesita. Como en cualquier gran ciudad egipcia, también aquí se han establecido comerciantes de los reinos lejanos: los asirios, los hititas o los babilonios.

Para Panhesi y Nebet siempre es fascinante contemplar mercancías exóticas. Hay madera de ébano, marfil y oro de Nubia, la apreciada madera de cedro del Líbano, e incienso del legendario país de Punt. Hay un metal negro muy escaso que es particularmente extraño. Se llama hierro y viene de Asia Menor. En Egipto es tan valioso como el oro.

Ank

A cambio de su pieza de tela, Tiye obtiene dos pollos, fruta y pasteles. Con eso pueden hacer una buena cena para celebrar la visita de Ani. Troca el frasco de ungüento por dos pequeños colgantes para Panhesi y Nebet. Tienen la forma de la cruz ansada Ank, que significa «vida».

Escrito en las paredes

Cuando se pone el sol, Pentu vuelve a casa. Está contento
de que Ani haya decidido aplazar el largo camino de regreso
al pueblo de los artesanos hasta el día siguiente.

Están todos muy contentos sentados en la sala
principal y comen pollo asado. Pentu cuenta que
Tutmosis ha aplicado una tercera capa de yeso
sobre el busto de la reina Nefertiti para alisarle
la cara, pero aún no está satisfecho. Ani habla de
su trabajo en la tumba de un dignatario. Necesita
urgentemente los nuevos pinceles de juncos.

Tiene que escribir jeroglíficos («signos sagrados»)
en la pared en la que está trabajando. Eso necesita
una gran concentración para no equivocarse, y
a veces hay que hacer líneas muy finas. La escritura
jeroglífica habla de la vida de los muertos y de su
devoción por el dios Atón.

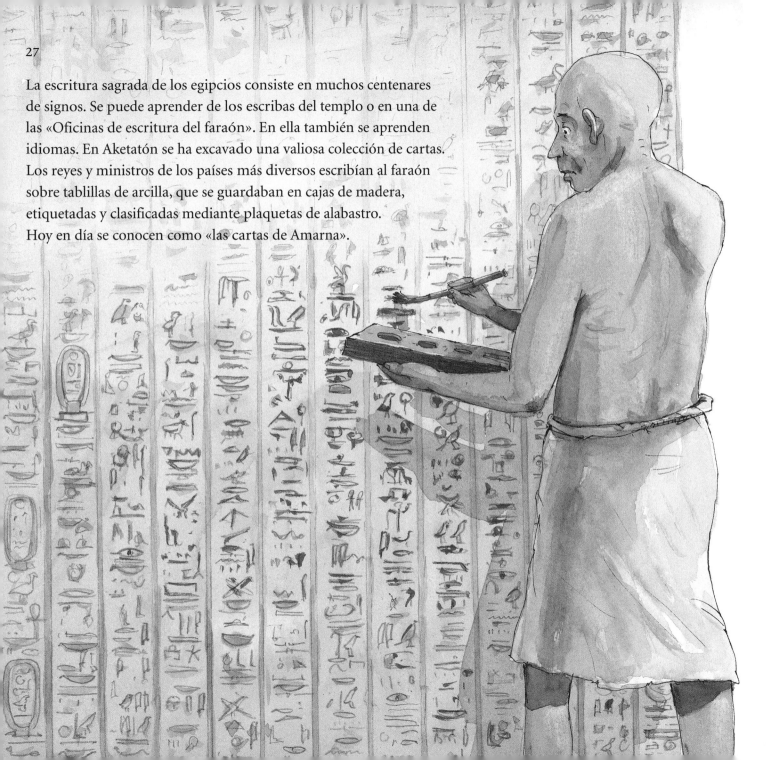

La escritura sagrada de los egipcios consiste en muchos centenares
de signos. Se puede aprender de los escribas del templo o en una de
las «Oficinas de escritura del faraón». En ella también se aprenden
idiomas. En Aketatón se ha excavado una valiosa colección de cartas.
Los reyes y ministros de los países más diversos escribían al faraón
sobre tablillas de arcilla, que se guardaban en cajas de madera,
etiquetadas y clasificadas mediante plaquetas de alabastro.
Hoy en día se conocen como «las cartas de Amarna».

Queda mucho por descubrir

Akenatón murió veinte años después de su coronación.
Su ciudad Aketatón, su «ciudad del sol», así como la nueva
devoción por el dios Atón se extinguieron con él.

Los sacerdotes del poderoso templo de Amón en Tebas
recuperaron su antiguo poder. El primer ministro Ay y el
general Horemheb pusieron en el trono a un niño de diez años:
Tutankatón, que poco después de su coronación cambió su
nombre por Tutankamón. Los nombres de Aketatón y Nefertiti
fueron eliminados de todas partes para no dejar de ellos
el menor recuerdo.

Máscara funeraria
de Tutankamón

Pero en las excavaciones realizadas en las ruinas de las casas, no solo se encontró la cabeza de Nefertiti. Las «cartas de Amarna», trozos de pinturas murales, estatuas, cuartos de baño, canalizaciones de agua y restos de cercas y pesebres de un parque zoológico en el parque de un palacio son hallazgos que nos dicen mucho sobre la ciudad y la vida que en ella se hacía.

Hace ya 400 años que los científicos estudian el Antiguo Egipto. Pero empezaron a comprenderlo de verdad cuando, en 1822, Jean François Champollion (1790-1832) descifró la escritura jeroglífica. Los dibujos de las paredes de los templos y de las tumbas, de las figuras y las joyas empezaron a hablar y a revelar los secretos de su tiempo.

Jean François
Champollion

En las excavaciones que se realizan en todo Egipto siempre se van haciendo nuevos hallazgos, y las magníficas obras de arte egipcio pueden contemplarse en los museos de todo el mundo. Pero solo pueden mostrar una pequeña parte de la vida del pueblo egipcio, un pueblo que durante miles de años vivió a orillas del Nilo, bajo el gobierno de poderosos faraones.